Au moment de l'**heure des histoires**, tandis que l'un regarde les images et l'autre lit le texte, une relation s'enrichit, une personnalité se construit, naturellement, durablement.

Pourquoi ? Parce que la lecture partagée est une expérience irremplaçable, un vrai point de rencontre. Parce qu'elle développe chez nos enfants la capacité à être attentif, à écouter, à regarder, à s'exprimer. Elle élargit leur horizon et accroît leur chance de devenir de bons lecteurs.

Quand ? Tous les jours, le soir, avant de s'endormir, mais aussi à l'heure de la sieste, pendant les voyages, trajets, attentes... La lecture partagée permet de retrouver calme et bonne humeur.

Où ? Là où l'on se sent bien, confortablement installé, écrans éteints... Dans un espace affectif de confiance et en s'assurant, bien sûr, que l'enfant voit parfaitement les illustrations.

Comment ? Avec enthousiasme, sans réticence à lire « encore une fois » un livre favori, en suscitant l'attention de l'enfant par le respect du rythme, des temps forts, de l'intonation.

ISBN : 978-2-07-065799-5
© Gallimard Jeunesse 1989, pour le texte et les illustrations,
2014, pour la présente édition
Numéro d'édition : 332298
Loi n° 49-956 du 16 juillet 1949
sur les publications destinées à la jeunesse
Premier dépôt légal : février 2014
Dépôt légal : janvier 2018
Imprimé en France par I.M.E.
Maquette : Karine Benoit

Jean Claverie

La batterie de Théophile

GALLIMARD JEUNESSE

Théophile est un sacré bricoleur. Avec un bâton,
un bout de ficelle et une vieille bassine…
Regardez bien ce qu'il va faire…

DONG DONG

Une contrebasse ! Eh oui, Théophile
est aussi un artiste.
– Il y a trop de bruit par ici, il me faut
un coin tranquille pour composer !

Théophile part un peu plus loin
dans la forêt. Arrivé au bord du lac,
il se met à gratter sa contrebasse.

Théophile est tout à son jeu lorsqu'un
terrible crocodile débouche dans la clairière :
– Ça suffit, Théo, si tu n'arrêtes pas
ce tintamarre tout de suite, je t'avale !

KLEK

– Ah ! Tu n'aimes pas ma musique !
On va voir ça.
Tandis que le terrible crocodile ouvre
sa terrible gueule, vite Théophile prend
un gros ressort… et hop ! il bloque
la mâchoire du crocodile.

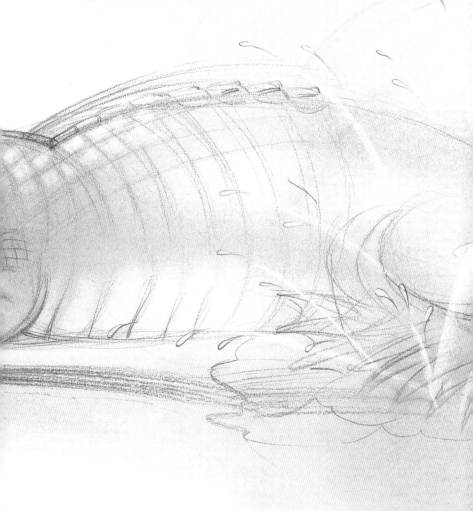

– Ça t'apprendra ! dit Théophile
en sautant sur le museau du crocodile.
« Klek », font les grosses dents
en claquant sous son poids.
« Tiens, ça ferait une bonne caisse claire »,
pense Théophile.
« Klek-Klek »
– Essayons ma contrebasse…

**DONG KLEK
DONG KLEK**

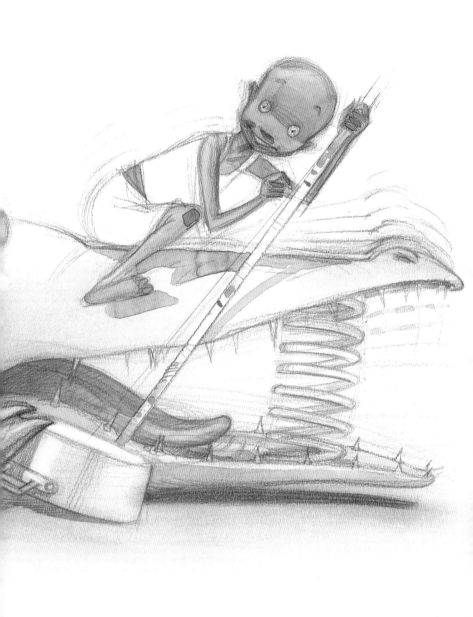

Théophile, très concentré, ne voit pas
descendre vers lui un énorme boa.

KSISSS

– Y'a plus moyen de digérer avec ce raffut…
Et qu'est-ce que tu as fait à mon copain Croco ?
– Ah ! Tu n'aimes pas ma musique !
On va voir ça. Tu vas commencer
par le rejoindre, ton copain Croco !

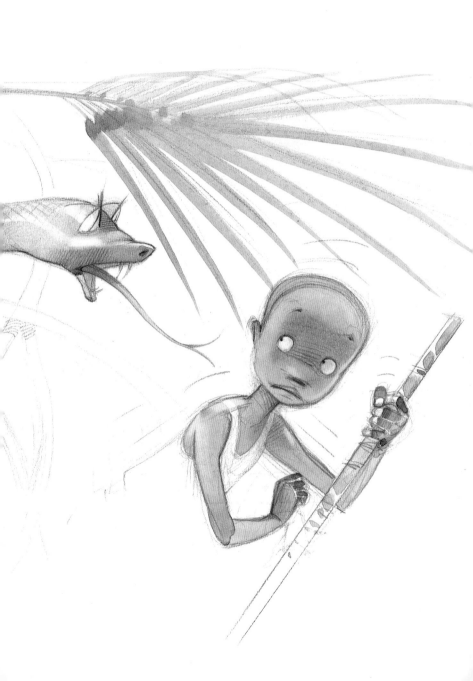

Aussitôt, Théophile attrape le boa
et lui fait un nœud très chic dans le dos.
« Ksiss-Ksiss... »
« Voilà justement la cymbale qui me manquait,
se dit Théophile en tirant le cou du boa.

DONG

KLEK

DONG

KSISSS

Faudra que je te bricole une pédale,
ce sera plus pratique. En attendant, voyons
ce que ça donne avec le reste du fourbi. »

DONG

KLEK

DONG

KSISSS

– Ça, c'est un rythme ! s'exclame Théophile quand un hippopotame gigantesque et excédé débarque en écrabouillant tout sur son chemin.

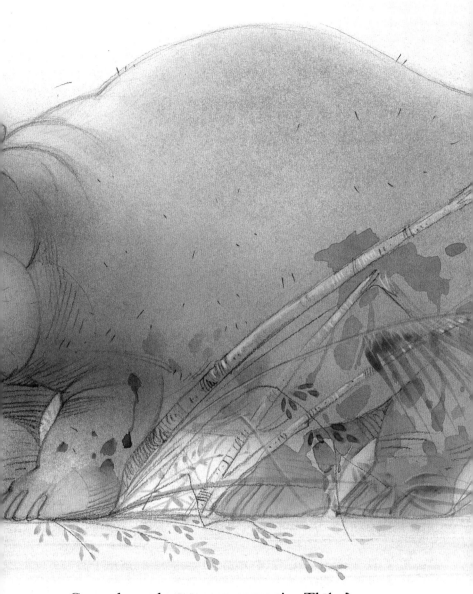

– Ça va durer longtemps ce potin, Théo ?
Et ma sieste ? Ça alors ! Qu'est-ce que tu as fait
à mes camarades Croco et Boa ?

Tandis que l'hippopotame se tourne
pour écrabouiller Théophile avec son
énorme derrière plein de boue, ce dernier,
avec une clé anglaise, lui pince sa
ridicule petite queue, ce qui, comme
chacun sait, immobilise les hippopotames
la bouche ouverte.

Et Théophile lui flanque
un coup de pied dans le ventre.

TOUB

– Mais la voilà, ma grosse caisse !
J'ai enfin une batterie complète.
Un et deux et un, deux, trois, quatre.

TOUB DONG
KLEK
TOUB DONG
KSISSS
TOUB DONG
KLEK
TOUB DONG
KSISSS

Tandis que la clairière résonne des rythmes
de Théophile grattant sa contrebasse,
sautant sur le crocodile, tirant le serpent
par le cou et donnant de grands coups
de pied à l'hippopotame, un homme élégant

avec une drôle de valise s'approche
et s'assoit pour écouter.
«Enfin quelqu'un qui comprend les artistes!»
se dit Théophile.

Au bout d'un moment, l'homme,
qui tapait du pied, dit :
– Ça t'embêterait si je jouais
un peu avec toi ?
Théophile n'en revient pas quand
l'homme sort de sa valise...
le plus beau saxophone du monde.
À cet endroit de l'histoire, il vaudrait
mieux écouter un bon vieux disque
pour se faire une idée de ce qui se passe.
Le crocodile, le boa et l'hippopotame
en oublient presque leurs malheurs.
À la fin de la journée, l'homme dit à Théophile :
– Théo, je t'engage pour ce soir, je joue
au « Jungle Studio ».
Théophile n'en revient pas.

– Oh là là ! Au « Jungle Studio » !
Mais il me faut une vraie batterie !
C'est alors qu'on entend un :

TOUB KLEK *KSISSS*

impatient.
– Comment ça, une vraie batterie ? Et nous, alors ?

L'auteur-illustrateur

Jean Claverie est né en 1946 à Beaune, en Côte-d'Or.
Il fait ses études à l'École des beaux-arts de Lyon, puis à l'École
des arts décoratifs de Genève en Suisse. Il travaille pour la publicité
avant de se consacrer, à partir de 1977, au livre pour la jeunesse.
Il est l'auteur et l'illustrateur du célèbre *Little Lou* et de sa suite
Little Lou, la route du Sud, parus chez Gallimard Jeunesse.
Il a également enseigné à l'École nationale des beaux-arts de Lyon
et à l'École Émile-Cohl.

Jean Claverie a une passion pour la musique, en particulier le jazz,
qu'il découvre à l'âge de 14 ans sur son premier tourne-disque :
un morceau de Memphis Slim offert en prime par le disquaire.
Excellent musicien lui-même, Jean Claverie joue du blues
(guitare, piano et chant) avec son groupe depuis des années.
Le « Little Lou Tour » a pris la route en octobre 2003, et depuis,
il ne semble pas vouloir s'arrêter…

Dans la même collection

n° 1 *Le vilain gredin*
par Jeanne Willis
et Tony Ross

n° 3 *L'oiseau qui ne savait pas chanter*
par Satoshi Kitamura

n° 4 *La première fois que je suis née* par Vincent Cuvellier et Charles Dutertre

n° 5 *Je veux ma maman!*
par Tony Ross

n° 14 *Clown*
par Quentin Blake

n° 18 *L'énorme crocodile*
par Roald Dahl
et Quentin Blake

n° 19 *La belle lisse poire du prince de Motordu*
par Pef

n° 22 *Gruffalo*
par Julia Donaldson
et Axel Scheffler

n° 50 *Le petit Motordu*
par Pef

n° 56 *Tom Chaton*
par Beatrix Potter

n° 61 *Le sapin
de monsieur Jacobi*
par Robert Barry

n° 64 *Le chat ne sachant
pas chasser* par John
Yeoman et Quentin Blake

n° 65 *Le bateau vert*
par Quentin Blake

n° 66 *Mon bébé*
par Jeanette Winter

n° 67 *La princesse
Finemouche*
par Babette Cole

n° 68 *Au loup tordu !*
par Pef

n° 69 *La lune, la grenouille et le noir* par Monique et Claude Ponti

n° 70 *Le rêve de Max* par Sylvia Plath et R. S. Berner

n° 71 *Selma la drôle de vache* par Barbara Nagelsmith et Tony Ross

n° 72 *Louise Titi* par Jean-Philippe Arrou-Vignod et Soledad Bravi

n° 73 *Le sac à disparaître* par Rosemary Wells

n° 74 *Aux fous les pompiers!* par Pef

n° 75 *Les ours de Grand-Mère* par Gina Wilson et Paul Howard

n° 76 *Zébulon le dragon* par Julia Donaldson et Axel Scheffler